思いのままに

なかの みつる

文芸社

皸《ひび》の手に晩学の本しかと持ち

思いのままに●目次

おばあちゃんの散文詩

詩織二歳

詩織二歳のよろこび
お陽さまキラキラ
おはよう
お陽さまキラキラ
さようなら
おじぎをして、トイレから出てきた。
トイレの、天井の電気の影。
よーく見たら、太陽の光そのもの
美しい影に向っての声かけ
ああ　なんと素晴らしい感動と驚き。

明子三歳

一本の白髪を見つけた。
おじいちゃんの白髪？
熊本から、そよ風にのって、
ふわり、ふわりと
まだちょっとだけ、寒いお空を、
明ちゃんとこに、とんできた。
ほそい、細い一本の白髪。

拓哉五歳

小さいそまつな家のトイレに、
家のトイレいいなあ。
なぜ？
だって座るのにちょうどいいもん。
和室の、水洗便所に
洋室用の安物便器をのせた
そまつな便器なのに
なんといとおしい孫だろう。

旭二歳三カ月

スーパーマンの真似が好き。
おばあちゃん、こうだよ。
こうだよね……と私
ちがう、ちがうよ。
こうだよ。なおしてくれる孫。
うん、そう、そうとニッコリした。
前の格好と、格別変わりはしないのに、
なんとあたたかい愛だろう。

拓哉四歳

庭の石ころ、
丸い丸い石ころあつめた。
たくさん、たくさんあつめた。
怪獣のたまごだよ
よせて、よせて、あたためて
太陽にあてると、生まれるよ。
おばあちゃん、捨てたらいかんよ。
いつ生まれるやら?
すごい拓哉の夢　いつまでも追う夢。

明子五歳の正月

明ちゃんから、お年玉いただいた。
ハイ、おじいちゃん、
ハイ、おばあちゃん、
白いフートーをもらった。
なんと、ザクザク音がする。
百円玉二つ、十円玉六つ、
五円玉一つ、一円玉二つ、
あわせて二百六十七円。
愛らしい心づかいがうれしい。
平成八年のスタートのお守さま。

詩織二歳

美容室の暖かい部屋。
コールドペーパーの白い紙。
洗ったクシャクシャのペーパー。
二歳のしおりちゃん、
雪にみえちゃったんだ。
雪やこんこん、
降っても、降っても、降りやまぬ。
歌いながら
雪が降る、雪が降る、とびはねる。
サロンいっぱいまき散らす。
季節は、春なのに

サロンは、見るまに雪げしき
寒い寒い、冬になる。

みゆきちゃんの結婚

竹の子が、庭に生えた。
一本、二本、三本。
見るみるうちに、たくさん生まれる。
どんどん背がのびる。
ああ　こんなに大きくなる。
どうしよう？
今夜のそうざいこれにしよう。
そう考えてたら
黒い地面にまたまた生える。
竹の子の生えるとこたどったら、
みゆきちゃんの家の庭に行きついた。

竹の子とるまもなく竹の子消えた。
夢さめた。
ああ　なんだか良い事ある予感
次の日結婚招待状いただいた。

里美誕生

いったい私は、なにしてるのだろうと思ったら、
意識がもどっていることに気づく。
そうだ出産と思う間もなく
陣痛がもどった。
また気が遠くなっていく、意識がもどる。
どれほど時間が過ぎたのか？
ふと遠くで看護婦さんの声、私は
ふと吾にかえって、ぼんやり天井を見る。
そこには、畳一枚ほどの金一色の、
神々しい観世音菩薩さまが
私の出産を見つめていて下さる。

陣痛がもどる、不思議に菩薩さまは、
消えて、そこに主人がいる
なあんだ主人だったのか？
また気が遠くなる
菩薩さまと主人を交互に
三回くり返し消えた。
突然分娩室にはこばれた。
微弱分娩のまま生まれた赤ちゃん、
肩から胴に、へその緒を巻きつけた、
小さなちいさな女の子、
金一色の観世音菩薩さまに
たすけられた女の子と母親
なんと素晴らしい出産だったんだろう。
それが長女里美誕生。

愛

私は、愛と言う名が大好き。
この優しい響きの愛　愛　愛。
愛にも、いろいろの形がある。
優しい愛、きびしい愛。
悲しい愛から、美しい愛。
私は、サロンの名を愛にした。
マールイ、丸い一字に願いをこめて、
丸い中に愛を入れたら
日本髪を結った顔に見えた。
この丸っこい愛の字が大好き
愛の溢れるサロン

温《ぬく》もりのここちよいサロン。
今日もまた、すべてを優しく
つつみこむ愛の店。

雪の結晶

雪の結晶を見た。
いろんな形がたくさんある
全部の形が違うんだから驚きだ。
水蒸気が凍って雪になる。
地上に降るというより舞いおりる。
その形が繊細で人が作ることはできない
一つひとつが造形模様なんだからすごい。
天の神様の作った芸術作品なんだ。
地上に降った結晶はまたまた驚き、
美しい夢の芸術作品を作る
一夜で神秘的なそして幻想の世界。

自然は素晴らしい。
人間には作れない、
数々の芸術を見せてくれる。

蝙蝠《こうもり》

朝やっと明るくなった。
空はまだ明けきらない色を残している。
窓を開けたとたん何か飛びこんできた。
片隅に蹲《うずくま》る黒い物、
なんと蝙蝠の赤ちゃん。
はじめての出合いにとまどう私。
蝙蝠なんて縁起でもない。
嫌な予感
にがしたら飛べるかと心の中で、
ちょっぴり心配した。
空をめがけてポンと飛ばした。

一心不乱に飛び去って行った。
蝙蝠の赤ちゃんは、
親子の絆をたしかめる時
鳴いて居場所を教えるのだと、
その後テレビで知った。
その鳴声はお母さんと鳴くのだ。
なんと人間に近い鳴きかただろう。

心の目

目で見るいろいろなものが
人それぞれ違って見える。
このことを私は知った。
絵にすると、抽象画。
どうして、なぜ？　そう見えるのと、
問いかける。
頭の中だけで見るのだろうか？
不思議でしようがない。
芸術家の頭脳の違いだろうか？
見えないものを心で見るのだろうか？

シャボン玉

蒼い空輝く太陽の光。
七色の美しいシャボン玉二つ
私の人生はふわりふわりと、
どこまでもはかない
大きいシャボン玉の中の娘が二人
幸せそうに、ほほえみ
天高く飛び去って行く。
永遠にきえないでほしいシャボン玉
私の生命のきえるまで。

トマトの想い出

子供の頃食べたトマト
思春期に食べたトマト
淡い想いをした人から頂いたトマト
成長した娘から旅の土産のトマト
それぞれ違った味と思い出いっぱい
大好きなトマト

子供の頃、畠からちぎったまま
かぶりついたトマト
ちょっぴり青くさかった。
トウモロコシの中に横ばいに

陣どって小さい房のトマトは、
それは、それは可愛らしくて
ひと口食べたその味は
甘くてとろけそうなフルーツの味

思春期のトマトは
人の優しさが涙が出るほどの美味しさ
空襲で焼けだされた十五歳の女の子が
不安と淋しさいっぱいで、トボトボと、
線路を歩く姿が惨めなのか
リヤカーを引いた見知らぬおばさまが、
車の中の赤いトマト下さった。
この先に駅があるから汽車にのれるよ。

これを食べて元気を出して
うれしくて涙がとめどなくこぼれて
優しいショッパイ味がした。
戦争に巻きこまれた思春期の
十五歳の忘れられないトマト。
淡い想いの人からのトマトは
青春がもどったような味がした
大人の味、若さを頂き
胸がキューッとなって
生き生きした。

娘からもらったトマトは、
親子の絆が深まって

甘くて、あまくて美味しかった。
次に食べるトマトの味は？

笑顔

いい顔になりたい
百万ドルの笑顔になりたい。
そして目一杯ほほえみたい。
鏡に向ってニャーッて笑う。
違う、ちがう、もう一度
今度はニッコリ笑う
今少し違うんだなあ
もう少し、そうそう心から
ああ　いい顔だあ
目一杯、心一杯、微笑む
とうとう百万ドルの
笑顔に近い微笑みだ

怖い夢

トイレに行ったら、壁の中から
小さい、小さい紅葉のような
赤ちゃんの手がニョッキリでてきて
私の足をさわってる、怖くて
心臓がとまってしまうかと思った。
頭の中が恐しさでゾーッとした。
忽然と現われた手に
とうとう目がさめた。
トイレに行きたい心もとまった。

妹なぎ子への想い

素麺を茹でてたら
遠い日を思い出した
遠いとおい夏の日
妹が遊びにきた。
お昼は、素麺にしましょう
妹に素麺を茹でることを頼んだ。
生まれて初めて茹でる素麺は
茹ですぎて団子になった
妹の泣きべそかいた顔
私は、新しい素麺を茹でて
なにごともなかった顔をした。

あの暑いあつい一日
悲しかった思い出
過ぎし日の想いは何もかも、
なつかしく想えていいな

私のお祖母さん

自分が、いつのまにか、
おばあちゃん、と呼ばれる。
祖母のこと想い出した。
姉妹喧嘩の末
窒息して死にそうになった。
その時「やめなさい」の声に
助けられたことが、妙に
いつも想い出される
寒い夜祖母の肌の温もりが
ここちよく幸せだったことを
色白の肌のきれいな人だったことも。

夢

私の夢は、
一兎を追いかけた美容師の世界
追いつづけて五十年
結果は、くる日もくる日も
仕事、仕事
目を輝かせて、花嫁支度に汗流し
娘たちを支度し満足し
夢終った。
老いの夢を探して
もう一兎を得ようと、
生き生き追いかけている。

母

お母ちゃん
お母さん
母上　おふくろ　ママ
なんとたくさんの言葉だろう
なんと心にしみるいい言葉だろう
七十三歳にしてなお
心の中に大きく陣どっている母
あれはいつのこと
遠い遠い昔、教えてもらった
一つだけの記憶
糸の結びかた、きんしろ結び。

針どりの時蘇る母の手と顔
思春期の私と母の絆
十二歳で別れた母の　宝一つだけの思い出

五時の空

お空の表情は、素晴らしい
真白の綿のような、ふんわり雲
それは、優しい感じ
台風前の雲は
赤に黄色のオレンジ色
真黒の炭色の雲　怖い赤
動きの早い雲
ゆっくり流れる雲
東の空から四方の空を
さまざまな雲が織り成す表情
時には光を失った月が、

ぽっかり白く浮いている
自然の朝の神秘な空
怖いほど静かな朝の表情

おかしな泥棒

泥棒がはいった
鍵のかかった部屋
それも仕事してる隣
窓《まど》からなんとバッグともども
指紋も残さない知能犯
バッグつり、ほんとうに泥棒なんだ
棒でつるおかしな泥棒　笑いたい泥棒。

五百円の夢

夢の中で、手一杯の
五百円を眺めてたら
目がさめて、現実にもどった
もう一度夢追ってみた。
だれか、一人私を見て笑っていた
土の中から五百円ひろったら
手一杯ザクザク、金に心うばわれてたら
夢さめてしまった。

おばあちゃんの俳句集

来年の夢に満ちたり日記よる

どくだみの墓碑に立つ背に陽を受けて

鞦の手に晩学の本しかと持ち
書き疲れ百合のかをりをふと感ず

へいごしに羽根とびこみて春の庭

五月晴放ちし小鳩追ふ瞳

み仏に淡い想いやビール呑む

愛犬の夏虫ひたと捉へけり

ペンをおく即座に凄し蟬時雨

言えぬこと胸に残して夏は行く

岸辺にも水面にも濃し彼岸花

菊の香の残れる指に良き便り

今日訪へば教会すでに秋深し

秋陽濃し稲陰に老婆腰のばす

秋の川夜学の我に音高し

シャボンの香うれしきままに柿を喰ふ

こす人の皆学童なり寒の朝

大阿蘇に我が影長く秋陽濃し

刈干の阿蘇高原やヨナ曇り（ヨナ＝火山灰）

身ごもれる今満ちたりて桃活ける

息白く今日の始めや菜をきざむ

初雛や吾子に足折り手を折られ

風邪の娘やおとぎ話に抵抗し

紅少し濃くしほほえみ初鏡

胎動のうれしさあふれ浴衣縫ふ

涼風を土産にしたや阿蘇の宿

夕かすみエンジンの音高く夫帰る

初春の墓さはやかに香をたく

来客ねしづまりまた秋時雨

孫のせてポニー優しく夏はゆく

孫とゐて幸せの夏書に暮れる

紅葉の山路へ心ひと飛びに

合ひ傘の竹田の駅の夏の雨

道沿《そ》ひに草原の萩雨に濡れ

君の手の温もり残し夏暮れる

寄り添つて桔梗が好きと傘たたみ

阿蘇路行く夕暮れの夏人恋し

回想の中に君ゐて早い秋

頼もしき君の便りや入道雲

早や秋や君の便りしかと持ち

古希迎へまだときめきの花便り

ほほ寄せてミントの香り浴衣の子

君がゐて若さあふるる梅雨明ける
ほど良いを髪に結びて菖蒲湯

一人去り二人去り行く春の会

色々の傘帰りくる梅雨の色

凍てつく朝芽を出す花やいとほしく
雨も良し雪も良しだと便り書く

春暑し服えらび終へ旅にゆく

富士山の名残りの雪や雲に入る

野遊びやねころび空の雲を追ふ

山覚《さ》めて菜を摘む人の生き生きと

衣更そのままにして旅に出る

春の富士近くで見るとただの山

青空に残雪の富士輝けり

富士やまのうつり激しい春の午後

残雪や富士にうごかぬ雲のあり

珍橋や春陽の中に凛として

若葉冷夫に手を降り駅去りぬ

長生きをよろこぶ孫や春惜しむ

田植終へ生き生きはづむ長電話

十薬の白き花いま冷蔵庫

どくだみや軒いつぱいに臭ふなり

初盆や母の好みの花えらぶ

愛犬の夏毛を服に残し去り

美の仕事生き生きて汗流し

梅雨明けの刈布色濃し海の色

朝焼けや突然西へ奇異の虹

早おきや天のご褒美虹を追ふ

打水や心ときめき孫を待つ

エネルギーをつめた便りや秋日和

かすれ字に手の先までも寒さかな

遠方の友の手土産寒卵

半分を夫婦で食べる冬の柿

手にとればポンとはづむよ冬の月

蕗の薹《たう》絵か食かでつみとられ

黒さゆえ意味なく嫌ふ寒鴉

目をとぢる柚子の香りの長湯かな

おばあちゃんの随筆集

花の庭

おばあちゃんの庭の花ざくろは、今をさかりと咲きはじめ、誇らしげに小さな庭をみおろしていました。どうしたのか、今年は花を咲かせなかった鉄線の淋しげな姿に声をかけました。

「鉄線さん、昨年はあんなに美しい花をつけたのに、どうかしたの。素敵なうす紫の花が見たかったのに淋しいね」

「ええ、今年はお祖父ちゃんが草とりしてくださったんだけど、かれたものと思ってむしりとられてしまったの。これでも私頑張ってぐんぐんのびたつもり、でも力つきちゃった。私は、冬は枯木のように見えるでしょう、しかたないの。でもね、お祖父ちゃんはもう二度と、まちがいはしないと思うよ」

鉄線はにっこり微笑み、花ざくろにあやまちを許してあげることの大切さを教えてあげました。

強い日ざしの中に、次々と色とりどりの花がところ狭しと咲き乱れ、急に庭は賑やかになりました。赤いサルビア、黄色のキンセンカに早咲きのコスモスのピンク、ききょうの紫それぞれが自分の美しさを精一杯表現し、自慢しあっていました。

庭のすみの方にひっそりとしているトマトとなすは、肩身の狭い思いをしているようで、ちょっぴり淋しさをかくしきれないようすでした。なぜなら近づくとすこし変な香りがするから、くさいくさいと日頃より非難を浴びていたのです。鉄線は、優しく言いました。

「くさいこと気にしないでね。貴女達は、今に御主人様に贈物ができるでしょう。きれいな赤い実をつけたり、紫色の実をつけたり、よろこばせることができて羨ましいわ、私達逆立ちしてもできっこないもの」と、なぐさめました。

数日が過ぎ、庭に出たお祖母ちゃんが叫びました。

「わあ……、お祖父ちゃんきて見てよ、すごい、あんなにトマト赤くなっているよ。なすもなんてきれいな色だこと、もう食べ頃ですよ。そうだ。明日、お祖父ちゃんのお弁当の色どりにしようかな」

お祖父ちゃんを振りかえって見ながら、幸せいっぱいの笑顔で言いました。

日照りとお祖母ちゃんの褒め言葉に、うれしくなったトマトの頬っぺたは、ますます赤くなりました。

トマトもなすも、このような幸せな気分になれたのは、鉄線やお日様のおかげだと深く深く頭をさげ、感謝することも忘れませんでした。

お日様はにこにこと光を庭いっぱい照らして、うれしそうに見ていました。

チーコと明ちゃん

チーコと明ちゃんを、紹介しましょう。

チーコといっても、小さい小さい犬。でもね、十七年もお祖父さん、お祖母さん、それから明ちゃんのお母さん、従姉妹の詩織ちゃんのお母さんがお嫁さんになるまでともに生きてきた、マルチーズとテリアのハーフのかしこい犬で、人間の年でいうと八十歳ぐらいでしょう。

明ちゃんは、お母さんに連れられて、神奈川からお祖母ちゃんの家に里帰り。今度、弟の出産のためにしばらく滞在予定です。背は標準より小さく、可愛らしい。でもね、ちょっとだけ変わった癖があるの。それは、眠くなると髪をしっかりにぎって指しゃぶりをするの。手ににぎるものはいろいろ。ただの指しゃぶりではない、つまり半端ではない癖のある三歳の女の子です。

八カ月の滞在だから、母親の出身の幼稚園へ中途で入園したので、人一倍疲れぎみの明ちゃん。眠くてたまんない時は、土の上だろうが、どこでも寝てしまうので、ただいまの声もそこそこに、「チーコちゃん、おいで」と呼ぶと、チーコが尻尾をプリプリ振って挨拶をしますが、明ちゃんはおかまいなく尻尾をつかんで左の指を口へ。チュチュと吸いながら、静かにお昼寝になる。おおかたこの生活の日々なのです。

このようなチーコとの生活もお別れがやってきたのです。チーコは重い心臓病にかかり、悲しい幾日かを過ごして天国に旅立ちました。

数日後、明ちゃんは突然思い出したように「ワァーワァー」泣き出したのです。

「どうしたの」お母さんは心配そうに顔をのぞきこみ、たずねました。

「チーコに会いたい、チーコはどこ？」

「チーコは、死んだのだから遠い遠い天国に行ったのでもう会えないの」

「どうしたら、会えるの？」

お母さんはゆっくり考えながら、細々した声で答えました。

「そうね、遠いお空のもっともっと上の天国だから……。でも、お花がたくさんあって、今頃花の中をお友達とかけめぐって、楽しくしてるよ」

明ちゃんは、なんだかわからないが、天国はとても行けるところではないんだなあと感じていました。

「ね、ね、じゃこうしたらいいじゃない。手紙を出せばいいじゃない」

「うーん、それはいいかもね」

お母さんの言葉が終らないうちに、小さな紙にたくさんたくさん、お便りを書きました。もちろん字が書けない明ちゃんのお便りは、チーコの顔の絵ばかりでした。

それから天気の良い数日後、縁側で、

「チーコちゃん、今日はお天気だよ。ここ暖かいから日向ぼっこしたらいいよ。お日様キラキラだもんね」

写真のチーコは、満足そうにベランダに元気な時のまま、腹ばいでうれしそうに明ちゃんを見上げていました。明ちゃんは、「子供は風の子、風の中」と鼻歌を唄いながら、お部屋の中の真っ白のチーコの骨壷を振ります。カラカラと音がして、楽しい音に聞こえてしまったようです。

それは死別前、明ちゃんが握った尻尾をプリプリ振ってる仕草と同じでした。

埋葬の日、チーコに持たせた河原撫子《かわらなでしこ》も次々と蕾をつけはじめ、蒼い空にチーコの姿の雲が流れ、太陽の光が目映い午後のひとときでした。

明ちゃんは、チーコといっしょにいる夢の中なのか、おだやかな寝顔でお昼寝でした。

お祖父ちゃんの白髪

明ちゃんは、熊本から小田原に帰ってきた数日後、宅配の荷物の中から一本の白髪を見つけました。

ああ、これはきっと、お祖父ちゃんの白髪だなあ、と心の中で思いました。

「お母さん、お母さん、見て、見て。これって熊本のお父さんの白髪だよ」

お母さんは、整理してる手をちょっとだけ休めて聞きかえしました。

「お父さんって、誰のこと?」

「おじいちゃんよ、だってほら、熊本でおじいちゃんはお父さんだったでしょう」

そうだった。あの八カ月の熊本滞在の頃に、明ちゃんはお母さんがお祖父ちゃんのことを「お父さん」とよんでいるのが、ちょっとだけ不思議でなりませんでした。

小田原のお父さんと、熊本のお父さんのつながりが理解できないでいました。

「どうしてうちは、二人のお父さんがいるの。でも二人いていいね」

と、自慢げでした。そのうち白髪を見つけた明ちゃんに、

「どうして、お祖父ちゃんの白髪がここにあるのよ、ちょっとおかしいと思うけど。変な明ちゃん」少し考えていた明ちゃん。

「それはねえ……、もしかして、熊本から春風につかまって飛んできたんじゃない」

白髪を握った反対の手をグウにして、ピョン、ピョンはねて見せました。もうこの時の明ちゃんは、白髪といっしょに大阿蘇の大空から吹く春の風に、ここちよくゆれながら、神奈川の空へと飛んでいるようでした。

急にわれにかえった明ちゃん、一人言をぶつぶつこぼして考えたようです。

「そうだ、記念にこの白髪とっといたらいいよ。そうしようっと」

熊本にいる時は反抗ばかりして、こまらせていたのにと、お母さんは口にはしないがお腹の中でつぶやきました。

人さし指と親指でしっかり握った白髪の一本は、八カ月過ごした熊本でのあかしのように、明ちゃんには見えたのでしょうか。

幸せに向かって歩こう

蔵

子供の頃過ごした小さな山村。それでも、まあまあ豊かな村だったのか、白壁の蔵のある家が多かった。その頃国民学校に通っていた私たちにとっては、美味しい物といったら、自然の果物だったし、遊びといったら陣取り、縄跳び、鬼ごっこ、ゴム取り等々。

テストで零点とっても屁の河童だし、遠い山の中に苺とりに行って、暗くなって帰っても心配することもない、平和な山村。ただ、「学校の帰りに道草食って帰ったら、いかんよ」

「人さらいに連れて行かれるからね」

「奸人《かんじん》が連れて行くからね」

と、毎朝出かけるときに言われていた。

戦争中とはいっても、男の子も女の子も、遊ぶ時はきまって戦争ごっこして、それはそれで楽しい時代を過ごしていた。

青年男子にまじってプールはないが川で泳ぎ、兵児帯《へこおび》で、メダカをすくってもらって「これを呑むと泳ぎがうまくなるぞ」と言われると、女の子たちは競って呑んだものだ。

しかし、そのことと泳ぎは別であったが、「次は私よ、私よ、私、私」なんて言って呑むと、気のせいかうまくなったように思えたのだった。

外で遊ばない時は、蔵の中でいろいろな物を眺めるのが大好きだった。蔵の二階で昔の人の書いた墨字を眺めたり、和紙の墨絵を見たり、ご先祖様の誰かが書いたのであろう蘭の花に見とれ感動したり、自分も書きたいと思ったこともあった。

そんな影響を受けたせいか、学校でも絵は殊に得意だった。よく後ろの壁に貼られた。今でも田舎の蔵を見ると「あの蔵の中に、小さい時見たような宝物がいっぱいつまっているかなあ」と想像し、わくわくして夢いっぱいになり、頭の中でドラマができ、楽しい想いをする。

あれはいつのことだったか、鼠につくダニのせいで「痒い、痒い」と言ったら、それで蔵で遊んだことが家族に知れて、怒られた。

友人のさっちゃんをさそって、蔵に入り、梅酒を見つけ中の梅をなん個も食べて顔が真っ赤になり、酔っ払ってしまい、蔵いっぱいに干してある柿を食べたりして、一日とじこもっても飽きることのないところ、子供の宝物がいっぱいつまった楽しみの場所でもあった。

悪知恵をはたらかせても、子供のすることは「頭かくして、尻かくさず」。何もかもばれてしまう。戦争最中であっても、良き時代だった。

この時代も終りをつげて、大きな国家という力に大人になりきってない者もかりだされて行くのである。

蔵につまってた品々の中で良き物は、醸出《きょしゅつ》してしまう時代になっていくのだった。

戦禍の中の十五歳

国民学校を卒業し、進学かまたはお国のために働くかと同級生と語り合って、その結果、三菱に行こうとなって受験。昭和十九年三月末入社して、思春期ということをまったく理解しない人々と暮らすことになる。

お国のためという誇りのもとに、少し偉くなった思いがしたものだったが、やはり進学が良かったと、正直後悔した。

久しく行ったことのなかった花畑公園を見て、五十五年前の思い出が頭を過ぎる。この地点、ここより長い道を、つまり健軍まで歩いて行ったのである。世間のことはまったくわからない十五歳の少女で、まだ大人になりきってない思春期の私たちが、秋津寮に入寮した。

女の子でもハンマー、ヤスリ等を使って、ピーピーピの音とともに練習を重ねて養成工になって行くのだが、今考えてみると結局のところ、熟練工にはなれなかったんだと思う。飛行機の部品は、はたして役に立っていたのか、疑問を残しているからである。

ただ、お国のためという掛け声のもと、一生懸命働いたことは言うまでもない。何かしら国家という大きな力に動かされながら頑張った。

現場に配属されて私たちは部品工場に毎日歌を歌いながら通うことになり、その歌も忘れかけてしまったが、今もって覚えている歌の一つがある。それは「挺身隊」。これだけは不思議としっかり頭の中に残っている。

靡《なび》く黒髪きりりと結び
今朝も朗らかに朝露踏んで
行けば迎える友の歌
あゝ愛国の血は燃える

我ら乙女の挺身隊
撃てど払えど数増す敵機
北も南も無念の歯がみ
勇士思えば胸痛む
あゝ愛国の血は燃える
我ら乙女の挺身隊

少し歌詞の間違いはあるかもしれないが、元気よく出勤したように思う。女性でも夜勤は容赦なくさせられた。眠くて、道具箱に腰掛けて眠っていたこと、敵機襲来、Ｂ29、焼夷弾、照明弾に腰を抜かしている私を、憲兵が防空壕に誘導してくださったこと。焼けだされて駅に向かって線路伝いに歩いていたら、見知らぬおば様がリヤカーから真っ赤なトマトを握らせてくださり、その美味しかったこと。

避難《ひなん》して一晩民家に泊めてもらったこと。池の食用蛙を見て驚いたり、何もかも焼けてしまい、無一文となり我が家に帰るバスがなく、汽車に乗り合わせた、年の頃二十二歳ぐらいのお姉様に、一緒に一晩旅館に泊めてもらったこと等々、数かぎりない人々の温かい心を、たくさんいただいた。

忘れられない悲しみ、よろこび、そして優しさ、温かさ、さまざまな心の出会いを、数かぎりなく教えられた。一生のうち二度とないだろう人と人の絆の深さを。これは私の心の、失くすことのないすばらしい財産である。

しかし、この財産を惜しみなく分け与えることのできる大人になりたい、と思った。

こうして、青春などはどこかに置き忘れて、大人の仲間に入っていくことになる。

「二兎を追う者は一兎をも得ず」

私もこの言葉の通り、人生の進む道を考えて迷った日々があった。平和がもどり、何かに真剣に取り組むことを考えた。

好きな美容か、洋裁か？　とにかく手で作りあげることだったら、なんでも挑戦したくなる女の子だった。人形の着物を作るのに帯はしを切って短い帯になってしまい、家族から叱られたり、自分なりの服を作ってみたり、友人の服まで作りよろこばれた。

でも美容の道を選んでかれこれ五十年を経た現在、今もって現役で頑張っている。店のお客様から、「熊本のあぐりさんだね」と、ＮＨＫで放送された連続テレビドラマ「あぐり」のモデルで九十歳になっても現役の美容師として働く吉行あぐりさんを連想しこんな呼び名をいただいた。

好きな道に生きている現在の私には、せっかく星雲の志をたてたからには、半端な美容師なんかならないからと誓った日の記憶が、今でも思い出される。

美の仕事、生き生き生きて、汗流し

人を美しくする仕事である以上、自分自身も美しくありたいと努力したり、またいろいろなことを、お客様から教えていただき得した気分になったりしている。花嫁お支度をして、最高のよろこびを感じ、美容師冥利に尽きると、この仕事に満足しているこの頃である。

近頃、時代が変り、店も昔の美容室とは雲泥の差、一定の基準レベルを勉強するよう心がけている。そのせいかわからないが、技術も若々しくなったと大変うれしい好評をいただくこともある。

人を美しくする仕事、絵を描くこと、園芸、それにもう一つ、朝五時の犬の散歩。これは一番の健康法、一日のもっとも楽しい時間でもある。

電話が鳴る。明日のカラオケ大会のヘアーセット、踊りの着付けのため、会場まで出張して欲しいとの予約がはいる。着物と帯の組み合わせの相談、時には身の上相談。私を必要としている人のために十分に満たしてあげたい。

七十三歳のよろずや、くたびれたなど言う暇はない。これでもか、これでもかと考えることがあり、不況だ、暇だ、と言ってられないほどの生き甲斐をくださるのである。

私を必要と思ってくださる人のいるかぎり、元気をだして生きよう。これが私の生き生き人生、いつまでも現役である。

一兎を追いかけた人生でもあり、また芸は身を助けるという、この言葉そのままの人生でもある。明日からまた、愛いっぱいの笑顔で元気よくお客様をお迎えしよう。これからも、老いの一兎を追って、老いても負けず、目に見えなくても大きな幸せに向かって力強く歩こう。

本書の制作途中に主人が亡くなり、できあがりを見てもらえなかったことは非常に残念だが、そのぶん皆様に、七十四歳の私の心のささやきを、一人でも多くの方々の心にとめていただければ幸いと思う。

著者プロフィール
なかの　みつる
昭和25年（1950）美容学校を卒業。
美容師として50年以上働き、「熊本のあぐり」として
74歳の現在も活躍中。
娘２人、孫４人に恵まれる。
趣味で始めた俳句や散文を本書にまとめ出版。

思いのままに

2003年7月15日　初版第１刷発行

著　者　なかの みつる
発行者　瓜谷 綱延
発行所　株式会社文芸社
〒160-0022　東京都新宿区新宿１－10－１
電話　03-5369-3060（編集）
03-5369-2299（販売）
振替　00190-8-728265

印刷所　株式会社平河工業社

ISBN4-8355-5931-2 C0092